KB130188

청어詩人選 128

21세기 원시인의 [통일, 너에게로 간다] 시리즈 1

우리는 바다였노라

신호현 시집

청어

21세기 원시인의 [통일, 너에게로 간다] 시리즈 1

우리는 바다였노라

신호현 지음

발행처 · 도서출판 청어
발행인 · 이영철
영　업 · 이동호
홍　보 · 최윤영
기　획 · 천성래 | 이용희
편　집 · 방세화 | 이서윤
디자인 · 김바라 | 서경아
제작부장 · 공병한
인　쇄 · 두리터

등　록 · 1999년 5월 3일
(제321-3210000251001999000063호)

1판 1쇄 인쇄 · 2014년 6월 10일
1판 1쇄 발행 · 2014년 6월 20일

주소 · 서울 서초구 효령로55길 45-8
대표전화 · 586-0477
팩시밀리 · 586-0478

홈페이지 · www.chungeobook.com
E-mail · ppi20@hanmail.net
ISBN · 979-11-85482-36-1 (03810)

이 도서의 국립중앙도서관 출판시도서목록(CIP)은 서지정보유통지원시스템 홈페이지
(http://seoji.nl.go.kr)와 국가자료공동목록시스템(http://www.nl.go.kr/kolisnet)에서
이용하실 수 있습니다. (CIP제어번호: CIP2014012620)

우리는 바다였노라

신호현 시집

그리워지는 북녘 바다

사람이 세상에 나매 인류를 위해 큰일을 할 수 없더라도 뭔가 의미 있는 일을 하며 살고 싶다. 선생님으로, 시인으로 북녘 바다를 바라보며 할 수 있는 일이 무엇인가.

지금은 파도치지만 바다의 무한한 가능성을 내다보면서 바다의 평화를 시로 읊으리라. 시를 통해 바다처럼 온 세계가 하나로 연결되어 있고, 서로 오가면서 나눌 수 있다는 것을 노래하고 싶다.

시인은 바다를 노래한다지만 때로 폭풍이 일어 바다가 시인을 덮쳐 바다 깊은 곳으로 데려갈지도 모른다. 그래도 시인은 여전히 바닷가를 어슬렁거릴 것이다. 파도에 발을 담그며 노래를 부를 것이며, 조개껍데기를 주울 것이다. 왜냐하면 바다가 그리워지기 때문이다.

바다는 고향과도 같은 공간이다. 바다 같은 모태에서 와서 모태 같은 바다로 돌아가야 하기에 우리는 비록 땅을 밟고 살더라도 바다를 지키고 바다를 항해하고 바다에서 죽어가기도 한다.

이번에 출간하는 시집 『우리는 바다였노라』는 21세기 원시인의 '통일, 너에게로 간다' 의 시리즈 1집이다. 이 시리즈 출판 시집은 남북 분단의 상황에서 사상을 노래하는 것이 아니라 평화를 노래하는 것이다. 절망을 노래하는 것이 아니라 희망을 노래하는 것이다.

　남과 북은 지구상 최대의 휴화산이다. 이 땅에 사는 우리에게 통일의 고통은 운명이지만 극복해야 할 과제이다. 그 과제 속에서 천안함이 폭침되고, 연평도가 불타고, 개성공단이 열리고, 금강산 발걸음이 바빠질 것이다.

　통일은 남북이 함께 끌어안고 가야 할 더 큰 아픔이 기다리고, 더 큰 기쁨이 기다릴 것이다. 휴전선에 무지개 풍선이 떠오르고, 마침내는 북녘 하늘에 비둘기가 자유로이 날 것이다. 푸른 하늘 닮은 북녘 바다에는 언제나 역사가 출렁이고 문학의 수평선에는 원대한 태양이 떠오를 것이다.

21세기 원시인

c·o·n·t·e·n·t·s

시인의 말 _04

・・・・・ 우리는 바다였노라

1
우리는 바다였노라

사랑하는 그대들
국화꽃 들고 슬퍼하지 말라
내 못다 한 사랑 내 가족들
그대들이 대신 보살펴 주오

통일이 오는 날에
다시 한 번 내 이름 불러주오
그때는 그대들 부름에
환한 웃음으로 응답하리라

우리는 바다였노라

그대들 아는가
그대들 슬피 우는가
우리는 바다였노라

바다 같은 어머니 품에 나서
반도의 땅 국화꽃 심어놓고
고향 같은 바다로 돌아갔노라

죽어서도 대한민국 지키는
문무대왕의 나라로
장보고의 나라로
이순신의 나라로

그동안 우리는
폭풍 치는 왜의 물결
동해 남해 바다에서 지켰노라
출렁이는 되의 물결
서해 바다에서 지켰노라

그러나 이제는
형제의 등에 칼을 꽂는
배반의 북해 바다 지켜야 할 때

우리가 죽어서 지키겠노라

사랑하는 그대들
국화꽃 들고 슬퍼하지 말라
내 못다 한 사랑 내 가족들
그대들이 대신 보살펴 주오

통일이 오는 날에
다시 한 번 내 이름 불러주오
그때는 그대들 부름에
환한 웃음으로 응답하리라

학생들에게

2010년 3월 26일, 해군 제2함대 소속 천안함이 폭침을 당해 승조원 104명 중 46명이 전사했단다. 바다를 지키기 위해 바다로 간 우리 대한의 아들들도 통일을 꿈꾼단다.

가장 높은 봉우리
– 한주호 준위

사람은 누구나
정상에서 만나는 것이라네

키가 높아
멀리서 잘 보이는 봉우리거나
키가 작아
잘 보이지 않는 봉우리거나

이곳 너른 수평에서도
당신이 잘 보이는 것은
당신이 우뚝 솟은 이유라네

너른 바다 깊은 물
죽음이 넘실대는 그늘에서
어둠 저편 생명 건지기 위해
미궁 속으로 투신한 당신

어떻게 사는가
매일 아침 부딪는 물음표는
어떻게 죽는가
마지막 마침표에 답이 있었네

아래로 아래로 헤엄쳐 올라
가장 높은 봉우리 만든 당신
그 아련한 백령도 바닷가에
푸른 파도로 일렁거리리

학생들에게

어떻게 사는가 하는 문제는 어떻게 죽는가로 귀결된단다. 목숨을 살리기 위해 희생한 죽음은 숭고하여 우뚝 솟은 정상이 된단다. 백령도에 가장 높은 봉우리가 되신 한주호 준위님을 추모하자구나.

천안함 강강술래
– 천안함 합동분향소에서

함아함아 천안함아 어디갔나 천안함아
서해바다 대한해군 자랑하던 아빠모습
뒷동산에 봄꽃피면 오신다던 님의소식
백년만에 추위탓에 못오시나 당신얼굴
혼아혼아 젊은혼아 어디있나 그대들아
사람들은 많다만은 그대들은 예없구나

길다길다 추모행렬 서울사람 다모였네
젊었거나 늙었거나 여자거나 남자거나
아는사람 하나없어 낯선세상 서울광장
모여보니 형제일세 잡아보니 부모일세
하는일은 각달라도 마음만은 한맘일세
그대영정 바라보며 넋을놓고 꿈을꾸네

가장편한 세대나서 효도하며 살던그대
바다좋아 자원입대 영웅수병 되었으니
살아있어 죄인마음 무릎꿇어 감사하네
폭풍치는 북해바다 남은우리 지킬테니
그대부디 영면하여 저승복락 누리시게
대한민국 우리결코 그대충정 못잊으리

학생들에게

천안함 합동분향소가 차려진 서울광장에서 차라리 엎드려 울고 싶었단다. 조문객
들이 손에 손잡고 민족의 한이 서린 강강술래라도 함께 부르고 싶었단다.

연평도 아버지의 독백

내가 사는 건
내 아버지의 아버지와
내 아들의 아들이 만나는
이 연평도 무던히 지키는 일

때론 비바람이 불겠지
때론 천둥소리 들리겠지
그 소리 들으며 살아왔다지
그 노래 들으며 춤춰왔다지

우리네 사는 일에
어찌 죽음 잊을 수 있겠나
죽음의 공포보다 두려운 건
고향 없는 설움이겠지

그네들이 떠나라고
쫓기는 사슴처럼 내어준다면
이제 막 세발자전거 타는
내 아들의 아들은 어찌할거나

내 어찌 안중근이 되고
내 어찌 윤봉길이 되랴

꽃게잡이 어부로 살아온 반평생
내 땅 넘나드는 파도와 싸우리라

다시 해병이 될 수도
다시 투사도 될 수 없는 목숨
이 폭풍 치는 섬 연평도에
나무처럼 풀처럼 살리라

내 아버지의 아버지께 배운
붉은 꽃게 무리 잡아내는 법
내 아들의 아들에게 가르치며
그렇게 꿋꿋이 살아가리라

학생들에게

연평도를 지켜내는 일은 포격치고 목숨 빼앗기는 순간에도 꿋꿋이 생업에 종사
하며 견디어 내는 일이란다. 투사도 해병도 아닌 어부의 목숨으로 지켜내는 일이
란다.

연평리 어머니의 독백 1

그럴 순 없지
그래선 안 되지
제 형제의 목숨 빼앗고
제 살을 깎아먹는 일

어머니는 잠버릇처럼
입술을 조물조물거렸다

괴로운 게지
제 홀로 서기 힘든 게지
남을 괴롭히고 죽여내서야
괴수들의 원수가 되는 것을
천하에 알리고 싶은 게지

아직 미명이었다
밤새우는 독백이었다

그 날에도 그랬지
네 아비가 어디론가 떠나고
네 형제가 땅속에 묻히던 날
지옥처럼 포성이 울렸지

백발의 어머니는
초점 없는 눈빛을 허공에 던졌다

두 형은 일하다
직격탄에 맞아 비참히 죽었지
네 동생들은 군인으로 죽었고
다른 형제들은 빗발 같은 포탄에
평생 끌어안을 상처를 품었지

어이없는 어머니는
눈물도 흘리지 않았다

그게 아니여
그렇게 사는 게 아니여
저 살자고 남 죽이면
제 가족도 죽이게 되고
결국 제 신복에게 죽는 것을
왜 모른단 말여

난 우리 반
그 녀석들을 생각했다

부모가 이혼하고 죽고
재혼하고 이복형제들 속에
소식도 모르고 싸우는 아이들
저희만 배 터지게 먹으려
밥그릇 싸움하는 녀석들

잊으려 했던 어머니는
포성 소리만 들으면 발작했다

같은 반 친구끼리도
돌을 마구 던져 피 터지고
싸우다 팔 부러뜨리는 아이들
친구가 아파 울고 있어도
반성할 줄 모르는 녀석들

어머니의 눈은
우리 반 아이들을 보고 있었다

아이들 때리지 마라
벌하지 말고 용서하라
햇빛으로 키우던 아이
등 뒤 배반의 칼 꽂는다

어머니의 고향
연평리는 불바다가 되었다

학생들에게

전쟁이 나면 가장 아픈 이들이 어머니란다. 어머니의 목숨보다 더 귀한 아들의
목숨을 내어놓고 미쳐서 살아가는 세월이란다. 그런 아픔을 딛고 일어서는 사람
이 어머니란다.

연평리 어머니의 독백 2

"어여, 숨어!
 포탄이 떨어지니 숨어"

잠을 자던
어머니는 소리쳤다
그네들 몰려오던 시절
어머니의 어머니로부터 들은
어머니의 잠꼬대였다

끝내 어머니의 어머니는
떨어지는 포탄을 피하지 못했다
어머니는 어머니의 어머니가
붉은 노을로 타오르는 것을 보았다

재작년에 고희를 지내고
치매가 피어오르는 어머니는
치매로도 태울 수 없는 기억을
늙을수록 자주 입에 올렸다

"그네들은
 짐승만도 못혀. 이눔아!"

대학 시절
내가 그네 사상 엿볼 때
좀처럼 내게 욕하지 않던 어머니가
가슴을 치며 던진 독백이었다

지지리도 목말랐던 시절
외세에 흔들리지 않고
다 같이 잘 살아야 한다는
평등의 세상 꿈꾸던 나였다

세상이 불공평하다고
가진 자만이 힘 있는 세상이라고
나보다 남을 먼저 생각해야 한다고
제법 힘 있는 외침이라 생각했다

"니 힘 있는 말보다
 내 힘 없는 상처가 더 깊어"

깊은 눈의 어머니는
많이 말하지 않았다
나의 논리와 주장 앞에
침묵하시다 던진 독백이었다

어머니는
붉은 노을이 지면
눈빛 속에서 노을이 타올랐다
푸른 파도에 씻으며 눈물을 감췄다

"짐승처럼 우리에 가두고
 구정물만 먹이면 평등이니?
 니가 꿈꾸는 세상이여?"

연평리는
다시 그늘이 드리워졌다
어머니는 숨을 몰아쉬었다
거친 폭풍이 몰아치고 있었다

학생들에게

남북 분단에 상황에선 좌파가 옳지 않단다. 우파도 옳지 않단다. 다만 평화만이,
어머님의 독백만이 옳다는 것을 아들이 알아야 한단다.

그네들 지금은 행복한가

문고 싶노라
그네들 지금은 행복한가

저 지옥에서 들리는 엄마의 울음 들어보라
형제의 가슴을 찢는 비명 들어보라

진정 승자 없는 전쟁에서
그네들은 승자의 꿈을 꾸는가

다 같이 잘 살아보자고 시작한
그네들 이상의 끝은 어디인가

오천 년 역사 아름다운 그물을
그리 잔인하게 찢은 그네들이 아닌가

백성의 굶주림을 아는가 그네들
이산의 아픔을 즐기는가 그네들

적도 아닌 그네들이 적이 되고
형제도 아닌 그네들이 형제인 우리

우리 더 이상 나누려 하지 말고

서로 모아 모아서 합쳐가야 할 때

잘못은 잘못으로 용서하며 접고
잘한 것 더욱 잘하도록 펴야 할 때

우린 그네들 굶주림을 통곡하노라
우린 그네들 어둠 밝히길 원하노라

예로부터 부자 삼대 못 가듯
그대들 세상 삼대 못 가리니

민중의 가슴 소리 하늘 소리에
더 이상 귀 막고 못 들은 체 말고

결자해지(結者解之)의 마음으로
그네들 욕심의 그늘 내려놓으라

저 지옥에서 들리는 엄마의 울음 들어보라
형제의 가슴을 찢는 비명 들어보라

그네들 지금은 행복한가
묻고 싶노라

학생들에게

북한은 남한에 어떤 존재인가. 북한이 추구하는 행위에 정당성은 무엇인가. 민족의 이상이라면 아픔이 아닌 기쁨으로 증명해 보라지.

자랑스러운 대한민국 국군
― '아덴만의 여명' 작전

이역만리(異域萬里)
피가 끓는 어둠의 땅
아덴만에 여명이 밝아온다
찬란한 최영함이 떠올랐다

그토록 과감하게
대한의 재산을 빼앗고
국민의 목숨 위협하던
소말리아 해적들

우리 대한민국은
국민안전 위협하는 무리
절대 용서 않는다
작전 수행하라

둥둥 북소리 울렸다
장군의 눈빛이 빛났다
빛과 어둠의 대결로
푸른 물결이 출렁거렸다

죽어서도 눈을 뜨는
최영 장군이 지휘하고

붉은 해적 소탕의 원조
장보고 장군이 곁에 섰다

푸른 물 분수처럼 일어
주얼리호 포근히 감싸니
붉은 물 쏟뜨려 거꾸러지는
불쌍한 어둠의 조각들

아침이 밝아오고
푸른 하늘에 펄럭이는
자랑스런 태극기를 보아라
아덴만은 영원하리라

학생들에게

2011년 1월 16~21일, 대한민국 해군 청해부대가 소말리아 해적에게 피랍된 대한
민국의 삼호 주얼리호(1만 톤급)를 소말리아 인근의 아덴만 해상에서 구출한 작전
으로 대한민국 국군의 위상을 높였단다.

당신은 대한민국 선장

– 석해균 선장님께

하늘 문이 열리고
천국의 영롱한 빛이
손짓하며 당신 오라 해도
당신은 가지 마세요

세상살이 험난하다고
당신 금방 잊게 될 것이라고
천사가 낙원 유혹하더라도
당신은 당신은 가지 말아요

가족 살리기 위해
그리운 배 타신 당신
먼 바다 향한 원대한 꿈
주얼리호 선장님 되셨습니다

아덴만 그 거친 파도
검은 폭풍 견디기 위해
조타 핸들에 힘주시던 당신
그 심장에 총알 안던 당신

선원 살리기 위해
회사 살리기 위해

당신은 당신이 할 수 있는
낮달을 높이 걸었습니다

이제 당신이 살리려던
그리운 가족이 곁에 있습니다
동료가 살고 회사가 살아났습니다
대한민국 국군이 살아났습니다

이제는 당신이 살아날 때
기도의 끈 붙들고 일어나야
당신의 조국 대한민국이 삽니다
당신은 대한민국의 선장입니다

학생들에게

'아덴만의 여명' 작전에서 목숨을 걸고 기지를 발휘하던 석해균 선장이 총탄에
맞아 죽을 위기에서 다시 살아나기를 바라는 소망을 시로 적었단다.

일어서는 젊은이들

누가
흩어진 민족이
꺼져가는 등불 앞에
자원입대로 몰려들었던
이스라엘 젊은이를 칭송하였는가

보라
천안함 폭침과
연평도 포격 앞에
정의와 자유를 위하여
모여드는 우리의 젊은이들을

누가 그들을
나약하다 말했는가
미래가 없다고 말했는가
위기 때 징정한 영웅이 빛나니
두려운 그대들은 와서 보라

해병대 영광을 향한
뜨거운 마음의 불길이
최고 인기 연예인의 마음도
해외 유학생의 마음도

훨훨 타오르게 했으니

가난한 굶주림
추위에 허덕이는 군대
깡패 같은 죽음의 위협
목적 없는 전쟁의 공포로 떠는
슬픈 이리떼 두려워할 자 누구냐

조국의 평화
민족 번영 지키기 위해
붉은 명찰 가슴에 다는
자랑스런 대한의 젊은이였구나
일어서라 젊은이여!

학생들에게

폭침과 포격 앞에 당당히 조국을 지키겠다고 해병대 자원입대하는 탤런트 '현빈'
을 보면서 썼단다.

국립묘지에서

초여름 늦은 오후
구름 한 점 없는 하늘에
바람만 흐르다 되돌아보는 곳

산새 한 마리 날지 않는
동작동 국립묘지에서
말없이 누운 당신을 본다

끝없이 달리는 세월
칠십 고개 뛰어 넘어
반백(半白)의 백발 되고서야
당신을 다시 찾아왔다

이제는 비바람에
찬란한 이름도 지워져
희미한 회색빛 당신 영전엔
한 송이 들꽃도 피지 않았다

저녁노을이 오늘처럼
붉게 어지럽던 어느 초여름
푸른 어깨 M1 소총알 수백 발이
황혼의 태양을 떨어뜨렸다

그 때 당신 곁을 스치던
박격포 소리
따발총 소리
탱크 소리들……

그 태양은 마침내
반도를 붉게 물들였고
쉼없이 이어지는 비명소리로
한강엔 핏물이 흘렀다

애국심에 치떨던 당신은
꺼져가는 조국의 부름 받아
배냇아기 손 한 번 잡지 못하고
그렇게 속절없이 떠나시더니

바람에 귀 기울이면
바람이 들려주던 당신 소식
그네들 몰아내 한강 넘었노라
그네들 몰아내 대동강 넘었노라

당신의 두 손으로
기필코 압록강 물 떠다

어머님께 드리겠다던 맹세는
북쪽으로만 끝없이 향하는데

쓰러지는 조국 부여안고
이 산하 이 강산을 달리던
그대 심장 아련히 멈추던 날
때도 아닌 장대비가 쏟아졌다지

흐려지는 당신 눈빛 속에
선연히 떠올랐을 내 모습은
깊은 눈물의 골짜기 지나
이렇게 달려 왔도다

당신을 지하에 두고
뒷걸음치며 시장 행상으로
뛰며 걸은 지도 어언 오십 년
갓난아기 당신 핏덩이는
당신 두 배 훌쩍 커버렸다

당신 지켜주신 이 땅
다 쓰러져 가는 이 언덕에
비스듬히 초가 기와집 짓고

언제 무너지나 염려했던 날들

그 때 비굴했던 당신 친구들은
이제 갑부가 되어 떵떵거리는데
부귀영화를 먹고 살더라도
결국 한줌 부토로 돌아갈 인생

살아있는 누구에게나
한 번 찾아올 죽음 앞에서
보다 값진 죽음을 찾아 나서던
당신의 용기를 후손들은 알까나

내 사랑 그대 죽음
결코 헛되지 않으리니
휴전선이 무너져 내리고
민족이 하나 되는 그 날에
부서져간 그대 비석 빛나리라

조국의 아들들아 딸들아
너희들은 아는가 듣는가
너희 자유 네 미래 지키기 위해
죽어서도 평화로운 세상 꿈꾸는

우리는 비다였느리

네 아비의 간절한 외침을

2
새천년의
열한 걸음

형제간에 싸우면
부모의 시름이니
남과 북 서로 합하여
평화의 박수 쳐보세

달려보자 날아보자
한민족의 높은 기상
온누리에 휘몰아치자
새 희망이 솟는구나

새천년의 열한 걸음

저 아득한 곳에서
원시의 어둠 뚫고
새 희망 새 빛이 열리니
새천년의 열한 걸음이라

으르렁거리며
서로 못살게 굴던 호랑이
지혜롭게 헤쳐 나갈 토끼에 절하니
오호라 새 힘이 솟는구나

백성들아 서민들아
눈물 닦고 저 태양 보라
뜨거운 풀무에서 솟아오른
희망둥이의 힘찬 용트림을

기도하듯 춤 추듯
붉은 꿈 활활 타오르니
설운 가슴 한 켠 묻어두고
우리 한 번 춤추며 맞아보세

세마치장단에 한 털고
덩- 덩- 덕 쿵덕

굿거리장단에 소망 실어라
덩-기덕 쿵더러러러

바람이 분다 분다
남녀노소 한자리에
사농공상 한마음으로
마파람 가득 불어온다

형제간에 싸우면
부모의 시름이니
남과 북 서로 합하여
평화의 박수 쳐보세

달려보자 날아보자
한민족의 높은 기상
온누리에 휘몰아치자
새 희망이 솟는구나

학생들에게

2011년 토끼해를 맞는 설렘과 희망을 시로 써 보았단다.

세천냐의 열한 걸음

아! 숭례문이여

겨울이 물러가다 되돌아선
검은 태풍이 일던 그곳은
서울의 한복판이었다

돌 제단에 누워
이 생에서 마지막 불꽃을 받아
하늘로 오르는 거룩한 승천식

그리 매섭도록 무관심하던
차가운 눈길 속에서 마침내
뜨거운 눈물이 흐른다

육백년 도읍을 자랑하며
멋들어진 자태로 뽐내던 기상
민족의 한을 우려 안은 당신은
어린 백성들의 어머니였다

인간의 육십 평생
열 번을 죽었다 깨어나도 못 다할
당신과의 모질고 질긴 인연은
하루 아침 허망한 통곡이었나

모진 바람 맞고 서서
아프면 아프다 말하지 않고
외로우면 외롭다 더욱 침묵하던
당신은 그렇게 살아왔구나

오늘 당신은
미친 낭도의 칼에 스러진
당당한 국모의 자태였으며
삼전도 굴욕을 당한
인조대왕의 눈물이었다

역사는 물처럼 흘러
망각의 강을 건너겠지만
세월이 지날수록 선명해지는 건
안타까운 그리움이리라

학생들에게

2008년 2월 10일, 토지보상에 불만을 품은 한 노인이 숭례문에 불을 지르는
어처구니없는 방화사건이 있었단다. 이 불로 90%가 소실하였다가 2013년 4월
29일 복원 완료되었단다.

G20 서울 아리랑

아리랑 아리랑 아라리요
아리랑 고개를 넘어간다(노래)

우리 모두 날아야 할 때
G20 정상이 한 자리 모여
덩더쿵 덩더쿵 춤을 춘다

희망 가득 새천년의 꿈
모두모두 잘 살아 보자고
서울의 새 빛이 일렁인다

나보다는 더 많은 우리로
하나보다는 백삼십의 세계로
20개 장작이 모닥불 지핀다

나를 버리고 가시는 임은
십 리도 못 가서 발병 난다(노래)

밤새도록 이야기 나눠보세
어두운 곳엔 환히 비추고
아픔 이는 곳엔 평화 나누세

우리는 지구촌 한 가족
한 우물 한 공기 마시며
한 하늘 아래 살고 있다네

서로 밀어주고 끌어주며
서로 도와주며 나눠주는

아리랑 아리랑 아라리요
아리랑 고개를 넘어간다(노래)

학생들에게

G20은 'Group of 20'으로 세계 주요 20개국 정상들의 회의란다. 모두가 평화
와 번영을 위해 국제공조 지혜를 모으자고 한 마음으로 모인 것이란다.

하늘 나는 평창

- 2018 평창올림픽 유치

우리는 해낼 것입니다
기필코 해내고야 말겠습니다
그리고 해내고야 말았습니다

두 번 실망스러운 결과 얻었지만
여러분의 말씀에 귀 기울였고
실수를 통해 교훈을 얻었습니다

피겨 여왕의 진심어린 꿈
피티 여왕의 명료한 자신감
한국계 토비 도슨의 감동 스토리

아아! 더반의 영광이여
끈기와 인내 그리고 헌신과 존엄
대한민국이 다시 뜨거워집니다

그래, 이제 다시 시작입니다
세계를 향한 호랑이 울음소리
두리둥실 푸른 하늘 날아오릅니다

감자바위 우뚝 솟는 붉은 힘
역사 이래 가장 아름다운 하늘 날

2018 평창 동계올림픽 패럴림픽이여

손 모아 새로운 지평을 여니
대한민국의 새로운 도전이라 꿈이라
세계 만민의 평창 설원 축제가 되리라

학생들에게

2011년 7월 7일 새벽, 남아공 더반에서 울려 퍼진 강원도 평창의 2018년 동계올림픽 유치 확정 소식은 대한민국을 환희의 함성과 감격의 눈물에 젖게 만들었단다. 두 번의 실패와 10년여의 노력 끝에 결실이란다.

제주도가 해냈노라

세계에서
가장 아름다운 섬
대한민국 파라다이스
제주도가 해냈노라

세계지질공원 인증
세계 생물권보전지역 지정
유네스코 세계자연유산 등재
그리고 세계 7대 자연경관 선정

장엄한 한라산과 바다
삼백예순의 오름과 동굴
제주 해안 올레길과 돌담길
환상적으로 춤추는 땅 제주도

굽이굽이 숨겨진 비경
그것이 바로 보물지도니
아아! 이제는 더 이상
우리만의 보물이 아니어라

70억 세계인이
함께 꿈꾸는 꿈이러라

함께 누리는 섬이러라
자랑스런 대한민국 제주도라

학생들에게

세계 7대 자연경관 선정은 스위스 New7wonders 재단이 2007년부터 시작한 캠페인으로 2011년 11월 12일 발표에 제주도가 포함되는 쾌거를 이루었단다.

세상너의 열린 걸음

49

하늘 성자 졸리
– 故 이태석 신부

내가 진실로
진실로 너희에게 이르노니
한 알의 밀알이 땅에 떨어져
죽지 아니하면 한 알 그대로 있고
죽으면 많은 열매를 맺느니라

의사로 신부로
세상 부귀영화 다 접어
바보처럼 말없이 웃으며
썩어지는 육신 꽃으로 피워
말씀 따라 살다간 당신

신을 믿는 종교인으로
하나님 은혜로 부여받은 목숨
치유하고 가르치고 나눠주시며
가난의 땅에 소망되신 당신
어둠의 땅에 빛 되신 당신

전쟁의 땅 수단 톤즈
희망 없던 지옥의 땅에서
불꽃처럼 피어올린 삶으로
눈물의 강물로 젖줄 된
수단의 슈바이처

썩어져야 열매가 되고
아래로 겸손히 낮아져야
버려서 가벼워야 하늘 나는
하나님 가르쳐 주신 진리
몸으로 실천한 당신

내가 사는 여기는
눈물 없는 사막의 땅
돌아보지 않는 매정의 땅
전쟁 같은 경쟁의 땅에서
밀쳐내고 오르려는 땅

우리가 진실로
진실로 당신 그리워하나니
성냥 끝 남겨진 짧은 목숨
어떻게 사나 깨우쳐주신
당신은 하늘 성자 졸리

학생들에게

이태석 신부(1962.9.19.~2010.1.14.)는 아프리카 수단에서 의료 봉사와 선교활동을 하다 암으로 세상을 떠났단다. 영화로는 〈울지마! 톤즈〉가 흥행을 일으켰고, 책으로는 『친구가 되어 주실래요』가 베스트셀러가 되었단다.

빈 라덴과 오바마

오바마
빈라덴 사살
미국은 끝내 응징했다

잊혀질 수 없는 10년 전
미국의 중심 뉴욕 맨하탄에
인류의 대 테러 911이 있었다

110층 쌍둥이 빌딩이
순식간에 먼지로 무너지고
수천 명 영혼을 들어올렸다

선악과를 따먹은 아담은
칠흑 같은 혼돈의 세상에서
탐욕과 분노에 총을 겨눴다

부시에 이어 오바마는
악의 축을 뿌리뽑겠다고
더듬이를 길게 늘어뜨렸다

사우디아라비아의 땅이거나
아프리카 케냐 검은 땅이거나

할머니의 할머니가 함께 살았지

터번 쓴 한 사람은
고향 민족 신앙 지키려
자신의 목숨 걸었고

터번 벗은 한 사람은
가장 큰 나라 수장으로
세계 평화 지키려 했지

수염 긴 자와 짧은 자는
사랑하라시던 하나님의 피조물
그들은 사실 형제였다

학생들에게

하나님의 피조물인 한 형제인 가인과 아벨도 어떻게 마음 먹고 사느냐에 따라 인류에게 선이 되고 악이 될 수 있는지를 성경에서 보았듯 하나님의 피조물인 빈 라덴과 오바마는 끝내 '평화'를 지키지 못했구나.

대통령의 연설 1
- 한강의 기적

일제 36년의 수탈
그리고
동족상잔의 비극 6·25
분단의 아픔

총성이 멎었을 때
국민소득 67달러의 후진국
전쟁 난민의 나라 대한민국엔
더 이상 무지개가 뜨지 않으리라

반세기가 지난 지금
세계 5위의 자동차 생산국
무역 규모 세계 8위
다이나믹 코리아

놀란 세계는
'한강의 기적' 이라 말하지만
우리는 더 이상
기적이라 하지 않는다

'하면 된다' 는
돌같이 단단한 믿음으로

광산에서 보석 캐어냈고
정글숲에서 새 생명 건졌노라

뜨거운 모래 위에
새 희망의 꽃나무 심었던
대한민국 국민을 존경하노라
벅찬 자부심을 가지노라

학생들에게

2013년 5월 9일, 미국의회 상·하원 합동회의에서 연설을 한 박근혜 대통령을 보고 대한민국의 희망을 썼단다.

대통령의 연설 2
– 형제의 나라

작지만 큰 나라
동생 같은 코리아
크고 아름다운 나라
맏형 같은 미국

함께 심은 씨앗이
육십 년 큰 나무로 자라
동북아에 비둘기 날아올라
찬란한 무지개 떠올랐구나

코니어스 랑겔
존슨 코블 의원들이여
한국을 지켜낸 모건 3대여
한국의 역사를 일으킨 꽃이라

알지도 못하는 나라
만나보지도 못한 사람들 위해
국가의 부름에 응한 아들 딸들
우리는 진실로 경의를 표하노라

역사에 눈 감는 자는
미래를 보지 못하리니

같은 눈으로 세상을 보고
함께 협력의 벽돌을 쌓으리라

KOICA와 USAID가 협력
Peace Corps와 KOICA의 협력
한미 FTA 통한 한미 경제 동맹
형제인 우리가 더욱 하나 되리니

오랜 전쟁의 나라
많은 굶주림의 나라에
형제처럼 어깨 나란히 하고
함께 새로운 길 열어 가리라

학생들에게

1953년 10월 1일 체결된 한미상호방위조약으로 한국은 북한의 군사적 위협으로부터 미국의 보호를 받고 있다.

대통령의 연설 3
– 멈추지 않는 합창

작지만
강하고 담대한 나라
세계 중심으로 우뚝 설
대한민국 코리아

분단의 아픔과
좌우의 위협 속에서
동북아 평화를 지켜내는
민들레 같은 나라

우리의 소망은
핵 없는 세상에서
남북통일을 이루어내고
세계평화공원 만드는 일

좌우의 나라가
수천 년 밀고 당겼던
아시아 패러독스 극복하여
평화 협력의 꽃 피우는 일

세계 곳곳에 도사린
테러와 악의 무리 뽑아

자유 평화의 깃발 높이 들어
지구촌 행복 실현하는 일

그대가 높은 음이면
우리가 낮은 음으로
아름다운 하모니를 이룬
합창의 감동은 멈추지 않으리라

학생들에게

대한민국은 남북 간의 통일을 바탕으로 번영하여 세계 중심으로 우뚝 설 것이기
에 우리의 합창은 멈출 수가 없단다.

무궁화 대한민국

내가 태어난 나라
무궁화 대한민국
자랑스런 나의 나라
삼천리 대한민국이라네

내 할아버지 세대는 비록
국화꽃 날카로운 칼 아래
숨죽여 목숨을 부지하며
치욕의 끼니 이어왔다지만

내 아버지 세대는 비록
동족의 등에 총 겨눈 무리
그들의 안개 속 헛된 욕심에
모든 걸 다 빼앗기고 잃었다지

너무도 가혹한 눈보라
딱딱한 얼음 어둔 바닥에서
더 이상의 꿈도 미래도
바랄 수 없는 나라였다지

오직 기적이 아니고서는
물 한 모금 마실 수 없는 땅
차마 당신을 먹을 수 없어

진달래 붉은 꽃잎 물던 날들

늑대 같은 굶주림에게
다시는 다시는 물리지 말자고
다시는 다시는 절망하지 말자고
넘어지고 다시 일어섰다지

붉은 꽃잎 떨어지면
또다른 꽃잎을 피워서
철책보다 그 길고 긴 여름
피눈물로 그렇게 견뎠다지

유엔에 가입도 못한 나라
국민소득 76불의 꼴찌 나라
간호사 광부 눈물로 줄기 뻗고
대통령의 눈물로 잎을 틔웠다지

그 잎으로 꽃이 피고
한반도의 동맥 힘차게 솟았다지
중동 건설현장의 진홍빛 꿈으로
민족의 모세혈관 이어갔다지

누이들은 가발공장에서

오빠들은 새마을 정신으로
어린 동생들 학비 벌어주고
동생들 대학에서 민주꽃 피웠다지

아픔을 모르는 이들은
그저 한강의 기적이라지만
잘 살아보자는 단심(單心)으로
붉은 햇불 쏘아 올린 것이었다지

초고층 건설산업으로
하늘 더욱 푸르게 쌓아올리고
철강으로 검회색 대공 지지하여
무궁화 세계만방에 떨쳤다지

은근과 끈기로 일궈낸
더 빠르게 더 작게 더 힘차게
독수리 날개처럼 솟구쳐 오른
우리의 자랑스런 대한민국

꿈은 이루어진다
활짝 핀 무궁화 대한민국
그대 가슴 가득 만발하거라
내 가슴에 영원히 피리라

독재자의 죽음
- 카다피

수구초심이라 했던가
간악한 여우도 죽을 때는
고향 향해 고개 숙이노니
그대 처음 마음 잊었는가

독재자 카다피
리비아 전 국가원수가
고향 땅 시르테 하수구에서
원한 맺힌 총 맞아 숨졌단다

더 좋은 세상 꿈꾸던 그가
쿠데타 집권한 42년 긴 날
총칼로 어둠의 땅 일구더니
철권통치 비참하게 무너졌구나

1989년 가을 동유럽
루마니아 민주 바람 휘몰아칠 때
차우셰스쿠 무자비함 아는 사람들
결코 무너지지 않으리라 생각했지만

맨주먹의 국민들이
루마니아 그의 퇴진 요구하자

세천년의 열망 걸음

63

발포 명령 내리고 탈출하려 했으나
그물에 걸려 하이얀 눈 붉게 물들였다

2011년 2월 또 다른 독재자
시위대에 전투기 폭격 퍼붓자
다들 카다피 출신 부족 세력 강대해
시위대가 결국 꺾이고 말 것이라 했다

그러나 그들의 신은
더 이상 독재 원하지 않았다
미모의 여자 경호원도 금 권총도
그를 지켜주지 못했으니 통재로다

이제 지구상에 남아
마지막 향수 뿌리는 이가
시리아의 한 사람 예멘의 한 사람
그리고 북한의 한 사람뿐이런가

또 다시 많은 사람들은
66년째 주민들 짓밟고 있는
김씨 일가의 3대 세습 왕조만은
다이아몬드처럼 빛날 것이라 한다

혁명 대장 가짜 보석으로
스스로 태양이라 감쪽같이 속이니
안전하다 주석궁 철통수비 속에
평안한 잠 잘 날 며칠일까나

민중의 마음은 하늘이니
하늘 뜻 거역할 자 누구더냐
인간 평등 사회개혁의 대폭풍
거역하고 살아남을 자 누구더냐

둥둥둥 둥둥둥
굶주린 인민 북소리가 들린다
평양 향하는 붉은 깃발 펄럭인다
민주 자유 혁명의 바람이 불어온다

학생들에게

독재의 끝은 비참하단다. 그러니 독재할 수밖에 없겠지만 신의 자비는 언제까지
독재를 그냥 보고 계실까. 둥둥둥 북소리가 들려오는데…

· · · · · 우리는 바다였노라

3
독도에 새긴 이름

간악한 일제 이후
양심 없이 백기 들었다고
스스로 도둑이라 외치던 무리

낮도둑 때려잡듯
흔들리는 땅으로 몰아내
실효적 지배 굳혔던 그 이름

장하도다 그 이름
잊지 못할 그 이름
독도의용수비대장 홍순칠

독도에 새긴 이름

– 홍순칠 대장

호랑이 그 이름은
6·25전쟁의 특무상사
독도의용수비대 대장

신라 이전부터
민족의 역사인 독도에
어슬렁 드리우던 늑대 발걸음

끓어나던 정의심에
기관총 수류탄 보트 사들여
애국의 불쏘시개 지피던 그 이름

간악한 일제 이후
양심 없이 백기 들었다고
스스로 도둑이라 외치던 무리

낮도둑 때려잡듯
흔들리는 땅으로 몰아내
실효적 지배 굳혔던 그 이름

장하도다 그 이름
잊지 못할 그 이름
독도의용수비대장 홍순칠

학생들에게

경상북도 울릉군 출신의 독도의용수비대 대장으로 1953년 4월 20일 독도의용수
비대를 조직하여 1956년 12월 30일 정부에 독도 수비를 인계할 때까지 일본 무
력 침략을 막고 독도의 실효적 지배를 굳힌 인물이란다. 이 분이 없었다면 독도
는 지금 일본 땅이 되었을지도 모른단다.

대한의 심장

독도는
우리의 땅이 아니다
대한의 심장이로다

반만 년
뜨거운 피
펄펄 끓어올리는
역동의 분수로다

백두에서 한라로
민족의 대동맥이
백두대간을 휘돌아
독도로 뻗쳤나니

보라 저기!
가슴이 벅차오른다
독립 투사의 붉은 피가
뚝뚝 떨어지는도다

들으라 저기!
온몸 솟구치고도
좌심방으로 달려오는

맥박소리 들리는도다

어느 누가 너를
호시탐탐 노리는가
더러운 늑대 발자국
한 발도 드리우지 말라

독도는
우리의 땅이 아니다
대한의 심장이로다

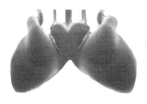

학생들에게

독도에 가 보았니? 그 땅에 서면 심장이 솟구치는 것이 땅이라기보다는 대한의
심장을 밟고 있는 듯 가슴이 벅차오른단다. 대한민국이 싫을 때면 한 번 꼭 다녀
와라.

독도의 문안

그네 대한의 백성이여
격정의 세월 부는 바람
그네들 부디 안녕하신가
정녕 날 잊진 않았는가

잘려나간 아픈 허리
애타게 그리운 육지엔
하나 되는 봄꽃 피우겠는가
더 이상 눈물바다 그치겠는가

잔잔턴 이곳 동해엔
격랑의 폭풍이 휘몰아치고
원숭이 붉은 이빨 드리웠다오
무서운 함성이 들려온다오

내 마음은 언제나
뭍으로만 흐르는데
내 머리채 휘감는 무리
내 옷고름 풀어헤치는 무리

게다 신은 동네 깡패
제멋대로 우기면 되겠다는

무법천지 불쌍한 아이들이
나를 위협하고 있으니

그네들 윗동생 아랫형
형제끼리 출렁대지 말고
세찬 파도 물결 이기소서
하나 되어 날 지키소서

학생들에게

일본의 독도 침탈이 갈수록 노골화되고 있구나. 독도는 행여 소홀히 할까 우리
국민들에게 안부를 묻고 있으니 남북한 협력하여 독도를 굳건히 지켜내자구나.

독도 아리랑

아리랑 아리랑 아라리요(노래)
아리랑 동해를 지켜준다

열 손가락 깨물어(랩)
안 아픈 손가락 있더냐
어느 한 손가락 떨어져도
허전하긴 매한가지라

열 자식 멀고 가까워도(낭송)
유독 정 깊은 자식 있거늘
삼천리 아름다운 강산
뭍 오르는 네 마음 모를까냐

나를 따라서 꿈꾸는 너는(노래)
천리로 멀더라도 자식이로다

괭이 갈매기 외로이 날고(랩)
거친 파도 몰아치는 동해에
낯선 도둑놈 겁탈하려 해도
굳은 네 가슴 일편단심이로다

오랜 세월 어미 향한 그리움에(낭송)

가슴은 동으로 서로 찢어지고
여든아홉 조각 떨어져 나가도
네 기품은 당당한 사내로구나

아리랑 아리랑 아라리요
아리랑 동해를 지켜준다(노래)

학생들에게

독도에 가면 동도, 서도가 반도를 향해 춤추고 있는 것을 볼 수 있단다. 아리랑
민요에 맞춰서 덩실덩실 춤추고 있단다.

독도야! 함께 가자

늘 가까이서
용서하고픈 이웃이라도
내 진실 알지 못하면
다시는 사랑하지 않으리라

가슴 속 출렁이는 그리움
뭍으로만 뭍으로만 향하는데
어거지 일도(日島)는 친구라 하네

백두의 우뚝 솟은 정기
한라의 은은한 끈기
동해 왜침(倭侵) 막는 선봉장이거늘
훔쳐서 제 것인 양 이름 쓰려 하네

이제는 더 이상
홀로섬이라 말하지 마라
보이지 않는 맥박을 느껴보라
한민족의 심장임을 모르는가

이제는 더 이상
작다고 얕보지 마라
역사의 치욕을 장전한

뇌관 건드릴 자 뉘뇨

뜨거운 피 펄펄 끓는
지진 화산의 용솟음으로
그대 깃발 심해에 수장하리니

저 혼자 잘난 듯 힘센 듯
교만의 입 열어 무덤 파고
자행(自行)으로 무덤 덮으리니
부디 그대 오른 날개를 접어라

독도야!
함께 가자 우리
세계의 중심 큰 나라(大韓)
칠천만의 미래로 달려가자

학생들에게

남에게 절대 피해주지 않는 것을 가르치는 일본이 정작 남의 나라에는 피해를 많이 주었던 모순이 가득한 나라가 독도를 엿보고 있단다.

무궁화꽃이 피었습니다
– 다케시마의 날에

1945년 8월
대한제국 압제하던
국화 꽃밭 히로시마에
검붉은 무궁화꽃이 피었다지요

평화의 땅을 지나
매화 그득한 대륙 넘어
장미꽃 만발한 땅까지 넘보던
그네들 욕심에 마침표 찍던

되돌아볼 역사는
선비문화 짓밟았던
탐욕과 야욕의 역사요
칼과 총과 피의 문화이니

조어도 쿠릴 열도
완전한 땅 독도까지
인근의 모든 꽃들은
그네들 전쟁 놀이터라지요

꽃이 아름답다고
함부로 꺾으려 말라

그대들은 장난일지라도
목숨으로 꺾어지는 아픔이니

한 번 꺾어진 꽃이라
기웃거리는 얕잡는 마음
다케시마의 날이라 흔드니
같은 이웃으로 애통하도다

지난 백년의 역사도
돌아보지 못하는 원숭이들아
2045년 8월에 다시 꽃피울
무궁화꽃을 아는가

학생들에게

100년의 역사도 되돌아보지 못하는 일본이 어찌 100년의 역사를 내다볼까나. 또
다시 반도를 거쳐 대륙을 엿보겠다는 검은 야욕에 무궁화꽃이 피리라.

일본이여 오라

그대 일본이여
흔들리는 그대 나라
목숨으로 붙잡지 말고
따뜻한 한국으로 오라

오는 것은 분명히 오되
갈라진 혀로 오지 말고
아홉 꼬리로 오지 말고
양처럼 사랑으로 오라

그대에게 짓밟힌 우리
미처 아물지 않은 상처로
동해 언덕에서 바라보며
그대 아픔을 아파하노라

독도 밟고 오지 말고
울릉도 넘나보지 말고
춤을 추듯 훨훨 날아서
친구처럼 반갑게 오라

기쁘면 기쁨 안고 오라
슬프면 슬픔 안고 오라

이웃은 언제나 이웃이니
먼 사촌보다 가까우니라

그대 일본이여
더 이상 상처주지 말자
더 이상 욕심내지 말자
친구로 우방으로 오라

학생들에게

합심하여 선을 이루는 친구로 지내면 좋은데 자신의 욕심 때문에 끊임없이 적으
로 오려는 나라가 있단다. 평화의 친구가 되기를 바라는 마음에서 썼단다.

붉은 악마

서울 뜨거운 하늘에
축구 향한 그리움이
젊은 열기로 타올라
붉은 악마 솟구치노라

월드컵 둥근 공이
마술처럼 굴러굴러
환희를 들어 올리나니
그대 뜨거움 노래하거라

열정 많은 반도 땅에
뜨거운 애국의 혼들이여
민족의 자존심을 걸어라
그대 영광 출렁이거라

그대들은 태극 전사여
그리운드의 12번이어라
물결치는 거룩한 그리움
오대양 육대주 휘날리거라

학생들에게

한국 축구 국가대표팀을 응원하기 위해 1995년 12월에 축구팬들에 의해 자발적
으로 결성된 응원 단체란다.

한강물 흘러흘러

푸른 한강물 흘러흘러
어디 어디로 가나
푸른 대동강 흘러흘러
어디 어디로 가나

서해에서 만나지
하나 되어 만나지
연평 앞바다에서 만나
남북 통일 꿈꾸지

서해는 흘러흘러
남해로 흘러흘러
아름다운 가거도 넘어
환상의 섬 이어도 넘어

따뜻한 마음
동해로 흘러흘러
독도로 흘러흘러
독도수호 이어 간다네

학생들에게

물이 만나면 하나 되어 강이 되고 바다 되어 흐르듯 남북이 하나 되어 독도를 지켜 나가자는 시란다.

일본 역사 교과서

썩은 고기 먹고
어둠 속에서 자라
늑대가 되라 하지
이리가 되라 하지

이웃의 좋은 것
무서운 이 드러내고
다 빼앗아 오라 하지
본성대로 살라 하지

선조의 업보로
흔들리는 땅에 자라
약육강식 포효하는
그대 슬픈 역사여

대륙 향한
허망한 그대 꿈
대물려 이루려는
검은꽃이었구나

학생들에게

검은꽃 먹여 침략 본성 일깨워 짐승으로 키우는 안타까운 일본 역사 교과서 정책을 노래했단다.

몽촌토성

더 이상
욕심 없이 살리니
그대들도 욕심 접으라

호시탐탐
내 땅 넘보는
소인배야 욕심 접으라

한강물 마시며
자유로이 뛰노는
말 구경에 세월 잊자구나

남의 땅 빼앗으려면
제 목숨 내놓아야 하는 것을
그대는 아느냐 모르느냐

평화 꿈꾸며
토성을 쌓으리니
그대들도 욕심 접으라

학생들에게

올림픽공원 내에 몽촌토성은 한성백제시대의 중요한 성곽 가운데 하나로 전쟁으로부터 평화를 지키려는 노력이란다.

칠지도

백제 가는 길에
좌로 세 가지 생각
우로 세 가지 생각
모두 일곱 가지라

본래 명검은
죽이기 위함도
빼앗기 위함도 아니요
약속과 명예의 상징이거니

굳건한 우리 다짐
백 번 단련으로 만들어
그대 일본에 하사하노니
이 칼로 백병을 피하라

그대 왜왕 승인하니
사사로운 욕심 버리고
우리 우정만 생각하며
후세에 전하여 보이라

학생들에게

칠지도(七枝刀)는 백제왕이 왜왕에게 하사한 칼로 평화와 화친의 상징으로 후세
에 전하여 보여줄 만하다고 기록되어 있단다.

유물에게

이천 년 고도(古都)
한성의 비밀 손에 쥐고
땅 속에 묻혀서도 꿈꾸던
토기야 청동아 은이야 금아

얼마나 답답했었니
네 모양 네 생김이
작고 귀엽게 생겼어도
뜨거움이 펄펄 끓는구나

왜란으로 빼앗길까
일제침략으로 없어질까
누워서 혹은 엎드린 채로
도굴범에 들킬까 조용조용

숨도 크게 쉬면 닳아질까봐
햇빛 한 번 보면 퇴색할까봐
이제나 저제나 기다려온
너희 마음 들여다본다

학생들에게

우리나라 역사에 잔인했던 왜침의 역사를 고스란히 간직한 채 전해온 유물을 들여다보면 평화가 더욱 소중하단다.

． ． ． ． ． ． 우리는 바다였노라

4
평양에 부는 바람

한 사람을 위해
마음 다해 충성을 해도
의심 많은 그의 눈빛은
내 심장에 꽂힌다

인민의 은혜 입으면서
은혜를 베푼다 하고
노비처럼 부리면서
주인 노릇 매를 든다

평양에 부는 바람

평양에 바람이 분다
시원한 바닷바람도
훈훈한 남풍도 아닌
회오리바람이 분다

조선조 한명회가
자신의 권력 지키기 위해
백관을 불러들여 죽이던
붉은 칼바람이 분다

설마 나는 아니겠지
인민을 위해 일하고
저들의 개가 되었건만
설마 나를 죽이랴

한 사람을 위해
마음 다해 충성해도
의심 많은 그의 눈빛은
내 심장에 꽂힌다

인민의 은혜 입으면서
은혜를 베푼다 하고

노비처럼 부리면서
주인 노릇 매를 든다

그것이 맛시즘이냐
그것이 레닌주의냐
세상 유래 없는
독재주의 표상이라

실컷 부려 먹고
자기 맘 아니다 싶으면
보란 듯이 내어 죽이는
감탄고토의 표상이라

평양에 바람이 분다
시원한 바닷바람도
훈훈한 남풍도 아닌
회오리 칼바람이 분다

학생들에게

독재는 서로 죽여야 내가 살고 민주주의는 서로 살려야 내가 산단다. 너희들은
서로 죽이는 세상에 살고 싶니? 서로 살리는 세상에 살고 싶니?

장○○의 꽃

어여쁜 모란꽃
업어 키우셨겠지요
안아 키우셨겠지요

길쭉한 가지로
튼튼한 대공으로
비바람 막아 주었다지요

약한 자 돌아보는
만민 사랑 뿌려주었나요
굳건한 믿음 거름하셨나요

행여 독재를 위해
배반의 씨를 뿌리셨나요
단두의 이슬 맺어주셨나요

가르치지 않아도
스스로 깨우쳐 쓰는
그네들의 법칙이었나요

불안스린 모란은
목련도 모란인 줄 알아

목련꽃 찬란히 떨구었다죠

서러워 마세요
눈물짓지 마세요
세상이 그처럼 파랗네요

인생 부귀영화가
한낱 덧없는 꿈인 줄
그네라도 모르진 않았겠지요

그네에게도
기회는 주어졌었다지요
맘먹으면 반도 가득 피었을 걸

한 때 욕심으로
인민 배고픔 잊었다지요
이제 더 이상 봄은 없어요

목련꽃 지듯
모란꽃도 지더이다
소리 없이 금방 지더이다

모란의 말
– 개나리에게

민들레처럼 예쁘고
미나리처럼 싱그런 네가
날 우러러 떠는 샛노람에
파릿한 기운이 서렸더구나

어찌하여 너는
스스로 예쁜 줄만 알더냐
스스로 싱그러운 줄만 알더냐
민초들이 부르르 떨고 있구나

사람 사는 법을 배운 네가
정작 사는 법을 모르더냐
날 향한 네 마음 모르랴만
네 노람으로 붉음이 흐리도다

네 노래로 세상 온통 붉으니
본디 붉은 내가 분홍뿐이구나
노란 네가 진정 붉기 원하거든
속빈 네 대공부터 붉게 채우라

학생들에게

노란색이 강하면 오히려 붉은색이 흐려지듯 모란 향한 개나리는 노랗다 못해 푸른빛이 감돌더구나.

통일동산에 통일꽃
- 임○○ 의원

남에서 자라
북으로 싹 틔운
아주 커다란 동화 속
당신은 통일꽃

통일동산엔
흔들리지 않는 바위도
바람에 흔들리는 나무도
노래하는 새들도 있다지요

물은 언제나
높은 곳에서 낮은 곳으로
상처 난 가슴을 보듬어 흐르듯
한없이 아래로만 흐르시구려

그대 이 자유의 땅에
뜨거운 충성의 붉은 깃발 들어
이 땅에 통일의 꽃 피우거라
그대 이상 이 땅에 펼쳐라

그대 뜨거운 가슴으로
분단을 넘어 하나를 외쳤던
태양 아래 반짝이던 조약돌이

이제는 커다란 바위가 되었구나

모닥불을 지피던 그대 손에
대한민국 통일 망치 들렸으니
주어진 성냥불꽃 짧은 시절에
그대 횃불 세계만방으로 피우라

미제(美帝)의 그늘에서
주체도 모르고 허우적거리는
가난과 굶주림 거렁뱅이 즐비한
남쪽 인민들을 불쌍히 여기는가

독재(獨裁)의 햇볕에서
인권도 모르고 허우적거리는
은혜와 한없는 평등만이 즐비한
북쪽 인민들을 불쌍히 여기는가

자유의 당신은
이 땅에 독립을 외치던
유관순 열사도 아니더라
순국의 논개도 아니더라

나는 그대가
뜨겁게 뜨겁게 타오르다
마지막 눈 감는 평온의 순간에
떨어뜨릴 한 방울 눈물 보았으니

그대 진정한 통일동산에
아름다운 통일꽃 피우거라
이 반도에서 아무도 할 수 없는
그대만의 찬란한 꽃 피우거라

진정한 자유는
자유를 뿌리치는 자유도
자유를 짓밟는 군홧발 자유도
이 축복의 땅에서 춤추리라

당신은 통일동산에
우뚝 핀 한 송이 꽃 되리니
대한민국 임○○ 국회의원이여
진정 그대의 뜻을 자유하라

학생들에게

통일 꽃으로 피어나는 것은 이쪽만도 저쪽만도 아니다. 이 땅 저 땅에 통일 의식
을 불러일으키려 틔우는 꽃은 모두 통일꽃이란다.

동토를 향한 외침

– 로버트 ○에게

아픔 없는 외침이 어디 있으랴
듣지 못하는 소리를 들었는가
보지 못하는 모습을 보았는가

더 이상 그대는 그대가 아니다
따스한 삶의 절반 버려야 하느니
비장한 계백의 눈빛으로 무장하라

펄펄 끓는 용광로에서 살아와
버릴 것 버리고 얻을 것 얻어
그대 인권 전사로 태어났노라

철책 넘어 어둠의 북토 향한
평행선 같은 지리한 선로에
멈출 수 없는 기적이 울렸노라

그대 이슬로 사라질 뻔 했는가
저들은 그대에게 날개 주었노라
저 북녘 푸른 하늘을 비상하라

갇힌 동포의 얼음 같은 목숨
그대 버린 따스함으로 녹이는
그대 강렬한 빛의 전사가 되라

학생들에게

로버트 O은 지난 2008년 12월 25일 성탄절에 입북했다가 2009년 2월 5일 중국을 거쳐 풀려난 미국 로스앤젤레스 출신의 한국계 북한 인권 운동가란다.

전사의 기도
– 로버트 O의 기도

아버지,
김○○ 북한지도자들을 심판하여 주시옵소서
그들 머리에 하늘 심판 떨어지게 하소서
국제 범죄자들 감옥 가게 하여주시옵소서

모든 북한의 굶고 있는 사람들 도와주시옵소서
북한 전체의 수용소를 해방시켜 주시옵소서
우리 정부 지도자들이 회개하게 해주시옵소서
남과 북이 통일이 되게 하여 주시옵소서

아버지,
지금 수많은 북한 동포들이 탈북하려 합니다
그들의 목숨 건 소원을 들어 주시옵소서
이런 집 없고 불쌍한 북한 탈북자들은
오직 아버지만이 도울 수 있습니다

그들을 구해주시옵소서
그들한테 희망을 주시옵소서
오직 아버지만 믿습니다
저희들 힘으로는 모자랍니다
하나님 아버지 힘을 수요합니다

아버지,
북한에 700만 명이 굶주림에 허덕이고 있습니다
이들한테 돈을 보내주시고 양식을 보내주시옵소서
아버지 탈북하려고 해도 돈이 수요됩니다
아버지 도와주십시오

그들이 마지막 희망 아버지한테 걸었습니다
그들로 하여금 아버지가 얼마나 거룩하고
힘 있고 인자한 것인지 보여 주시옵소서
전 세계에 알게 하여 주시옵소서
아버지 능력을 허락하시옵소서

학생들에게

한 사람의 힘은 나약하기 짝이 없단다. 하지만 그 나약함으로라도 북한의 인권을 외쳐야 하기 때문에 목숨을 건 전사가 로버트 ○○이란다.

통일의 초석
– 故 황○○을 애도하며

사랑은 흐르는 물이려니
그 물도 고이면 썩어지니
격정의 계곡 흐르는 물이
꿈틀꿈틀 살아있는 물이러라

정답이 없는 세상에서
남들은 한 우물만 파라지만
파다가 파다가 물 안 나오면
다른 곳 파야 하는 법

인민의 번영 위해
주체의 번듯한 길 꿈꾸었으나
갈수록 벼랑으로 치닫는 현실에서
더 이상 꿈 꿀 수 없었노라

꺾어지는 국운 바라보며
계백의 눈썹처럼 떨렸노라
남은 가족의 안위 버리며
비장한 눈물도 버렸노라

결자해지라 했던가
그대 손으로 묶은 매듭

그대 손으로 풀려했던 손길
너무나 단단히 묶어 놓았구나

흐르는 강물은
어느 덧 바다에 이르는데
두고 온 고향엔 새 탑 쌓으니
분한 마음에 심장이 멎겠구나

사랑은 흐르는 물이려니
그 물로 피운 주체의 꽃은
인민을 가둔 인민의 노래되니
이제라도 통일의 초석 되리라

학생들에게

황○○은 북한 주체사상 이론가이자 최고인민회의 의장 등을 지내다가 1997년
남한으로 망명하여 2010년 10월 10일 사망하였단다.

오○○의 노래

살아야 하네
살아야 하네
나도 살아야 하네

내가 살기 위해
내 가족 살기 위해
권력의 탑 쌓았다네

긴장 끈으로 쌓은 탑이
일순간 우르르 무너질 것
내 모르는 것이 아니네만
홍수처럼 휘몰아치는 소용돌이
권력의 물살 속에 내 탑 세웠다네

대나무처럼 자라는 인민들
사시나무 떨듯 추운 백성들
내가 어찌 모를까마는
나도 피의 뜨거움을 알기에
어여쁜 내 딸의 목숨 지키노라

날 졸장부라 비웃지 마라
내게 더럽다 침 뱉지 마라

그대들이 아는가 사회주의 마술을
장군님 아니면 영광은 없으니
내게 영광도 돌리지 마라

남조선 인민들아
내 그늘이 주석궁 덮을 거라
내 나무 함부로 자르지 못할 거라
임금님 당나귀 귀 크게 외치듯 말하지 마라
장군님 마술에 걸리면 톱 들이대리라

내가 인민 생각하고
내가 인민 살리는 길 나도 아노라
내가 죽어 한 개 밀알 되는 것을
나는 들어보지 못 했노라
나는 믿을 수가 없었노라

살아있어도 산 것이 아니고
죽어도 영광이 없으니 살긴 사노라
남 죽일 용기는 있어도
내 죽을 용기가 없어 사노라

하물며 리○○랴

하늘에 별도
제 역할 다하면
하룻밤에 떨어지건만
하물며 리○○랴

든든한 그 어깨
빛나는 가슴의 훈장
국가와 민족의 번영 위해
무엇을 하였던가

권력 2인자라 말하지만
정작 2인자 알아보지 못하면
그의 가슴의 별 대신 총알이라
그의 목엔 꽃다발 대신 밧줄이라

그는 총 맞아 쓰러졌노라
권총도 아닌
장총도 아닌
독재자의 눈총을 맞았노라

권력의 비수는
먼저 붉게 빛내거나

갑 속에서 녹슬리니
그 이름과 함께 묻히리니

영원히 빛나는 건
인민 위한 투쟁뿐이랴
하늘 높은 줄 알거든
낮은 자의 신음 들어라

하물며 리○○랴
남녘 훈풍을 모르랴
인민의 배고픔을 모르랴
독재의 슬픔을 모르랴

학생들에게

2012년 2월까지 북한 조선노동당 군사위원회 부위원장, 북한 인민군 차수로 사실상 2인자였으나 장○○에 의해 숙청되었단다.

장○○의 저수지

두려운 게지
큰 둑이 무너지면
밀물이 밀려들까봐
썰물처럼 빠져나갈까봐

아무리 높게 쌓아도
수위는 자꾸 높아만 가고
여기저기 구멍이 뚫리어
송사리 떼 달아나는데

썩어가는 저수지에
썩은 물 모두 퍼버리기엔
바닥이 훌렁 드러날 테고
들어오는 샘물 다시 썩으니

큰 물줄기 나들어야
새물이 들고 깨끗해져
물고기도 제 집에 알 낳고
제 새끼 돌보며 살아갈 텐데

구정물 같은 저수지엔
카키색 군복 입은 멍텅구리만

여유 있는 듯 제 배 채우며
입 크게 벌려 싸우고 있으니

언젠가는 터지겠지
언젠가는 무너지겠지
세 겹으로 쌓은 둑이라
무너질 리 없다 장담하겠지만

누구보다 잘 안다지
누구보다 겁 많다지
큰 비 내리고 흙 밀려들면
한 번에 무너질 것을

철부지는 물가에서
아무 생각 없이 물장난하지만
내 저수지도 아닌 2인자가 되어
어찌할 수 없이 바라만 보고 있구나

어차피 한 번 무너지면
흙속에 묻히면 그만인데
소심한 목숨 희생 두려워
지팡이만 끌고 있구나

하늘엔 먹구름이 끼고
저수지의 습한 바람은
백두에서 한라로
한라에서 백두로 불건만

학생들에게
장OO(1946~2013)은 김OO의 사위이고 조선노동당 중앙위원회 행정부장 겸
국방위원회 부위원장으로 김OO 체제하에서 명실상부한 북한의 2인자였단다.

대동강의 기적 1

낭림산맥 한태령에서
천릿길 흘러 흘러 넘어
희망의 땅 평양 가로질러
남포에서 서해로 달려가누나

분단의 긴 철책 아래에서
한숨 한 번 내쉬지 못하고
어둠 긴 터널 속 숨죽이며
평화의 새 지평을 달렸노라

억압을 말해 무엇 하랴
분노를 말해 무엇 하랴
언젠가는 꽃 피우랴마는
마침내는 열매 열리랴마는

주린 뱃속 배부르고
신태평가 함께 부를 날이
기어이 오고야 마는 것을
대동강의 기적이라 하리라

학생들에게

세계적으로 독일의 '라인강의 기적', 한국의 '한강의 기적' 두 개밖에 없는데 통일 후 평양의 무한한 발전을 '대동강의 기적'이라 했단다.

대동강의 기적 2
― 5년 안에

그네가 만일
통일문 살짝 열어준다면
길지 않은 5년 안에
통일꽃 활짝 피우리라

그네가 만일
두려움 살짝 내려놓는다면
짧지 않은 5년 안에
인민 백성 춤추리라

신이 없던 땅에
모두 신나게 춤추리라
무상으로 받던 땅에
주는 기쁨 넘쳐나리라

독일이 20년이라면
찬란한 우리 대한민국
잠자지 않는 5년 안에
대동강 기적 일구리라

학생들에게

준비되지 않은 남북통일은 준비되었던 독일통일보다 갑자기 빠른 변화를 예고한
단다. 통일 5년이면 북한 경제발전 이루리라 믿는단다.

5
통일,
너에게로 간다

통일,
너는 어디에 있느냐
나는 로마의 기사처럼
오늘도 너에게로 간다

너는 말이 없다지만
나는 너의 외침을 듣노니
사랑하는 이에게 달려가듯
노래하며 춤추며 달려가리라

통일, 너에게로 간다

통일,
너는 어디에 있느냐
나는 로마의 기사처럼
오늘도 너에게로 간다

너는 말이 없다지만
나는 너의 외침을 듣노니
사랑하는 이에게 달려가듯
노래하며 춤추며 달려가리라

너는 숨겨 단단하지만
쓰나미 밀려오듯 그렇게
지진에 허물어지듯 그렇게
너의 가슴 무너뜨리리라

통일,
너는 어디에 있느냐
나는 로마의 기사처럼
오늘도 너에게로 간다

학생들에게

시를 쓰는 일로 통일을 앞당길 수 있으랴 의심하지만 의심 없이 달려가련다. 바람이 들려주는 통일 소식을 시로 전하련다.

죽지 않으리라

통일이 오기까지
죽지 않으리라
죽을 수 없으리라

거친 파노 몰아쳐
나의 집 덮쳐도
험한 산 무너져
나의 가슴 눌러도

눈비 내리는 날에도
모질게 살아내야 함은
통일 향한 일념이리니
난 살아내야 하리

죽지 않으리라
죽을 수 없으리라
통일이 오는 그 날까지

학생들에게

남은 삶을 살며 어떤 일을 해야 가장 의미 있을까. 지천명의 나이에 천명을 들어
시를 쓴단다.

통일, 너에게로 간다

115

대장간의 아침

오천 년 역사
동쪽 반도의 나라에
붉은 해가 솟는다
대장간에 아침이 밝아온다

어둠이 가시고
쌓였던 먼지를 털고
서늘하게 멈췄던 화덕에
붉은 불을 붙이자

지난날 녹슨 쇳조각
구겨지고 갈라진 심장
상처 나고 지친 마음까지
화덕에 담아 풀무질 하자

풀무질을 하자
새 아침이 열렸으니
붉게 타오르는 화덕에
우리의 꿈을 녹여 보자

농기구도 만들고
컴퓨터도 만들고

커다란 배도 만들고
아이들 교과서도 만들자

농기구로 농장 만들고
컴퓨터로 미래 도시 만들고
배로 우리 희망 싣고 날라
새 나라 새 희망 건설하자

오천 년 역사
동쪽 반도의 나라에
붉은 해가 다시 솟는다
통일의 아침이 밝아온다

학생들에게

우리나라 오천년 역사 속에 분단 68년이니 어서 빨리 통일하여 민족 번영 함께
누려보자.

개성공단 소식

올해 76세 장로님이
개성공단 의류회사에
법인장으로 주일마다
공단 소식 전해온다

육군 대령 출신
부지런한 그 분이
매주 들려주는 북녘 소식이
늘 들어도 듣고 싶다

그네들 날마다
배가 고프다는 말에
춥게 잔다는 그 말에
가슴이 저려온다

초콜릿을 주어도
감기약을 주어도
옷을 벗어 주어도
받지 않는 그네들 법칙

줄 수도
나눌 수도 없어

안타까움에 눈물 난다
공단 소식에 눈물 난다

학생들에게

개성공단은 남북한이 협력하여 경제발전을 도모하는 통일의 초석이 되는 땅이
란다.

개성공단

개성 그곳은
원초적 자유의 땅
발가벗고 춤춰도
아무도 탓하지 않을 땅

완전한 통일 후에
우리가 이룰 세상
미리 만드는 파라다이스
끝나지 않는 다큐멘터리

적과 적이 만나
합창으로 노래하고
형제와 형제가 만나
얼싸안고 부흥 꿈꾸는 땅

총소리 들려도
대포소리 귀 찢어도
벙어리 귀머거리로 살며
남북 무지개 짓는 땅

학생들에게

개성공단은 남북 간에 어떤 사건이 생겨도 영향 받지 않고 꾸준히 유지되기를 바
라는 마음이란다.

비둘기를 위하여

자유의 하늘을 나는
저 비둘기를 보아라

기어 다니던 땅에서
한달음에 솟구쳐 올라
푸른 하늘 푸른 들판
활보하는 저 새를 보아라

가야할 미래 향해
하나 된 세상을 향해
두 날개 힘껏 저으며
활공하는 자유를 보라

왼 날개 따로 아닌
오른 날개 따로 아닌
함께 날아 아름다운
노스탤지어의 손수건

평화의 하늘을 나는
저 비둘기를 보아라

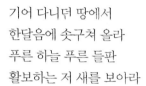

다된밥

붉은 노을 지는 저녁
아궁이에 나무 지피며
다 된 밥이라 생각하였네

뜨거운 젊은 피가
좌에서 우로 흘러
우에서 좌로 흘러
저들과 우리 서로서로
무너지리라 무너뜨리리라

우린 자유와 경쟁의 쏘시개를
저들은 평등과 분배의 쏘시개를
서로의 아궁이에 밀어 넣었네

그 커다란 가마솥이 끓어
눈물이 흐르고 김이 새어
깊은 한숨이 하얗게 내리니
끓어나는 것이 무슨 밥이뇨

뚜껑을 함부로 열지 마라
김이 모두 나가면 설익으려니
눈으로 보려 하지 말고

너의 감각에 맡기거라

부엌데기에게 영광이 없나니
알게 모르게 익어가는 것은
다 된 밥이런가 죽이런가

학생들에게

우린 북을 보고, 북은 우릴 보고 다된 밥이라 한단다. 어느 쪽이 먼저 끓을까나.

싸우지 말라

싸움은
원수끼리 하는 것이니
그대들 싸우지 말라

싸운다는 것은
알고 보면 형제이거나
알고 보면 이웃이거나
알고 보면 같은 민족이리라

찰라 같은 세월 속에
잠시 스치는 인연일진대
서로 도와야 하느니라

먹을 것 서로 던지고
귀한 것 서로 나누고
부족한 것 서로 채우거라

내가 버리면 남이 받고
남이 버리면 내가 받느니
못된 미움도 알고 보면
사랑에서 비롯되느니라

싸움은
원수끼리 하는 것이니
그대들 싸우지 말지니라

학생들에게

형제도 나누면 싸움이 되고 사랑하면 행복이 되나니, 북한 동포도 사랑하면서 살
자구나.

125

행님아 고맙습니다

행님아
행님아 고맙습니다
살아있어 줘서 고맙습니다

그토록 부르고 싶었던
그 이름 맘껏 불러본다
형의 가슴에 얼굴을 묻고

지난 육십여 년의 세월
떨어져나간 내 피붙이를
몸뚱이에 붙여본다

한 번 건너면
오지 못하는 요단강처럼
가슴에 길게 늘여진 휴전선

온 세계 다 다녀도
피 가른 저 녹슨 철책은
누구의 명작이련가

총부리 드리운
그네의 슬픈 꿈이
우리 살아 서로 고맙구나

하나 되기

먹구름 어둔 기운 걷히고
밝은 햇살 펼치는 아침에
산과 산들이 악수하고
벽과 벽들이 인사하네

동서로 흐르던 강물은
남북으로 뜨겁게 흐르고
맺혔던 매듭은 풀어져
아지랑이 하늘로 오르네

철책은 휘장처럼 찢어져
노루 사슴 자유로이 뛰놀고
비둘기 모여 나는 비무장엔
무지개 아름답게 피어나네

북한 동포여 고생 많았네
남한 동포여 아픔 많았네
서로 포옹하며 하나 되는
우리나라 통일조국 만만세

학생들에게

'북한 동포여! 고생 많았네.' 포옹하며 맞을 그날이 우리 모두의 꿈이려니 꿈은
이루어진단다.

통일, 너에게로 간다

127

통일의 대합창

분단의 아픔 안고 살아온 날들
이제 눈물 닦으려 하네
온 백성은 푸른 한반도기 들고
남북의 백성 환호하네

화려한 한반도 통일을 알리네
남북 지도자 모여 악수를 하네
녹슨 철조망 힘차게 걷어내고
총칼들은 모두 녹여내네

바다의 해군들은 금나팔을 불고
하늘의 공군들은 춤을 추네
굶주린 인민들 배 두들기며 웃네
온 짐승과 새도 환호하네

온 맘으로 통일을 이루자
어른들이 노래하며 앞장서고
어린 아이들 모두모두 춤추며
한 목소리 높여 통일 노래 부르세

태양은 드높이 떠오르네
바람이 불어오네 한 맘으로

정결한 풀나무는 손들고
대통합으로 통일 이루네

백성들의 얼굴에 늘 기쁨이 넘치네
온 세계의 모든 나라 박수치네
통~일 통~일 평화로운 땅 한반도
참 자유로운 땅 나라 위한 선열께 영광

어깨동무로 너도나도 기뻐해
모두 소리 높여 통일 노래 부르세
통~일 통~일 통일 이뤄진 한반도
통~일 통~일 한반도 만세

통일의 대합창 부르니
온 세계 모든 나라의 영광
어깨동무로 너도나도 기뻐해
모두 소리 높여 통일을 이루자

학생들에게

우리 모두 함께 불러야 할 통일의 대합창을 미리 가슴으로 불러보았단다.

피이스(Peace)

피!
이제는
스톱

시평

❖ 자유 경제 동반 상승의 남북통일

　북녘 땅 동족들이 자유와 인권을 향유하며 굶주림을 면하고, 한반도에 평화가 만개하도록 하는 통일. 이를 향해 가고자 하는 간절한 민족적 염원이 신호현 시인을 통해 '리얼'하게 대변되었습니다. 특히 「개성공단 소식」을 전하면서 '배가 고프다는 말에/춥게 잔다는 그 말에/가슴이 저려온다'라고 한 글귀가 내 가슴을 아리게 합니다.

　그렇습니다! 통일은 당장 오지 않아도 좋습니다. 10~20년 뒤에 와도 좋습니다. 춥고 배고픈 동족들, 등 따숩고 배부른 세상은 당장 만들어 주어야겠습니다. 남북 간 교류. 경제협력 활성화시켜 북녘 경제를 일으키도록 지원하십시다. 그것이 독재를 몰아내고 인민을 자유롭게 하며, 우리 경제도 동반 상생할 수 있는 길도 될 테니까!

– 이근식(전 행자부장관)

❖ 머지않아 거짓말처럼 통일 조국의 모습이 펼쳐지길

신호현 제5시집의 시 중에 「하나 되기」란 시가 인상적이면서 마지막 연이 마음에 와 닿습니다.

'북한 동포여 고생 많았네/남한 동포여 아픔 많았네/서로 포옹하며 하나 되는/우리나라 통일조국 만만세'

남북한 우리 겨레의 통일을 노래한 이 대목은 시를 아는 사람이든 모르는 사람이든 누가 읽어도 가슴 벅차오르는 기쁨을 만끽할 것입니다. 이 시를 읽으니 정말 머지않아 거짓말처럼 통일 조국의 모습이 현실처럼 펼쳐질 것 같습니다. 꼭 그렇게 되길 기원합니다.

― 엄기원(아동문학가, 한국문인협회 고문)

❖ 궁핍적 공산주의의 종말론

같은 인간으로 똑같이 나누어먹고 살자는 공산주의가 참 정직해 보입니다. 처음에는 모두가 유혹에 빠질 말입니다. 더구나 삶에 찌든 노동자, 농민에게는 더욱 절실한 말이기에 맹종합니다.

만일에 그 주의에 눈금자를 속이는 지도자가 있을 때 민생은 도탄에 빠지고 맙니다. 경쟁심이 마비되고 불평불만이 속출하기에 이릅니다. 불평을 잠재우기 위해 감시하고 벌을 주는 또 하나의 차별이 생깁니다. 그래서 독재를 하게 합니다.

'노란 네가 진정 붉기 원하거든/속빈 네 대공부터 붉게 채우라' 라는 표현이 가슴 시원합니다. 신호현 시집은 궁핍적 공산주의의 종말론입니다. 위의 시 「모란의 말」에서 시의 깊은 비유와 상징을 엿볼 수 있습니다.

– 이양우(한국육필문학보존회 회장)

❖ 통일은 당신의 손으로 빚어내는 은총

살아있는 사람들은 대상에 대한 그리움이 선험적인가. 그 그리움은 먼 곳에 있는 것이 아니라 당신의 사랑을 가슴속으로 품었을 때 영롱한 별빛으로 빛나는 것입니다.

'죽지 아니하면 한 알 그대로 있고/죽으면 많은 열매를 맺느니라/썩어지는 육신 꽃으로 피워/말씀 따라 살다간 당신'

시 「하늘 성자 졸리」에서 이태석 신부의 숭고한 삶을 배웁니다. 가난과의 전쟁에서 역경을 뚫고 일어서는 것은 바로 사랑입니다. 많은 열매를 맺기 위해서는 사랑의 실천, 동족에 대한 애정입니다. 그래서 '통일은 당신의 손으로 빚어내는 은총의 선물' 이기를 기도합니다.

– 김경수(시인, 평론가)

❖ 정갈하면서 카랑카랑한 시어들이 포효하는 사자의 육성

통일의 염원이 담긴 깊은 사유로 빚은 시상과 정갈하면서 카랑카랑한 시어들이 포효하는 사자의 육성으로 드립니다.

시 「통일, 너에게로 간다」에서 '통일,/너는 어디에 있느냐/나
는 로마의 기사처럼/오늘도 너에게로 간다' 는 구절은 시인의
사명으로서 통일시를 써서 통일을 앞당기자는 결연한 의지를
보이고 있습니다.

　남북 긴장이 고조되어 분단의 설움과 아픔마저 무감각한
시기에 '로마의 기사처럼' 분단의 휴전선을 넘어 평양으로
달려가는 신 시인의 의지가 가득 담겨 있습니다. 눈물 젖은
한반도 북녘에 평화스런 통일의 날을 기대하며, 통일을 주제
로 반짝이는 시어들이 감동을 자아냅니다.

- 김종근(양재고등학교 교장)

❖ 전쟁의 긴장감 속에서 외치는 통일의 언어

　'그 날에도 그랬지/네 아비가 어디론가 떠나고/네 형제가
땅 속에 묻히던 날/지옥처럼 포성이 울렸지'

　전쟁을 치러 보지 않은 사람들이 전쟁이 어떤 것인지 알 수
있을까. 전쟁을 꿈꾸는 사람들과 전쟁의 악몽에 시달리는 사
람들이 「연평리 어머니의 독백」 속에서 만났습니다.

　언제 어디서 포탄이 날아들지 모르는 전쟁의 긴장감 속에
서 외치는 통일의 언어들이 잠든 영혼을 깨우고 있습니다. 남
북 분단을 깨고 하루 빨리 통일을 이뤄야 대한민국이 다 같이
사는 길입니다.

　신 시인은 교단에서 아이들을 가르치면서 시의 언어로 통

일의 꿈을 꾸고 있습니다. 지난날 지하철 시인으로, 교단 시인으로 함께 해온 우정이 깊습니다. 이제 다시 '통일 시인' 으로 우뚝 서길 기원드립니다.

- 이경(시인, 대경문학 이사장)

❖ 젊은 생명들의 희생을 숭고한 애달픔으로 승화

한반도 국토분단의 한을 토하듯 달래듯 구절구절마다 순전하기 이를 데 없는 나라사랑의 고운 마음에 깊은 감명이 옵니다. 알알이 배어나오는 소리 없는 절규의 깊은 쓰라림은 '분단 조국 부모 세대의 시련과 통일 앞에 앞서간 젊은 생명들의 희생을 숭고한 애달픔으로 승화' 시켜 나가는 듯 통일의 염원을 향해 두근거리는 울림이 가슴에 아리듯이 박힙니다.

「우리는 바다였노라」에서 '통일이 오는 날에/다시 한 번 내 이름 불러주오/그 때는 그대들 부름에/환한 웃음으로 응답하리라' 는 구절은 마치 천안함 46용사의 영혼의 소리 같습니다. 이 땅에 태어나서 아픔 안고 죽어간 영혼이 통일의 날에 환한 웃음 짓기를 소원합니다.

- 박성연(배화여자중학교 교사)

❖ 통일에 대한 열망이 민족애, 인류애로 승화

이 시집은 통일에 대한 간절한 마음이 민족애로, 인류애로 승화되면서 더 큰 사랑을 보여줍니다. 분단조국에 살고 있는 이들에 대한 따뜻한 시선과 사랑, 함께 하고자하는 열망이 간결한 시어 속에 살아 숨 쉬고 있습니다.

통일은 우리 민족의 염원이며 나라사랑의 길은 멀리 있는 게 아니라 내 삶의 터전에서 굳건히 뿌리 내리며 사는 것이라는 걸 일깨워 주는 시이입니다.

'다시 해병이 될 수도/다시 투사도 될 수 없는 목숨/이 폭풍 치는 섬 연평도에/나무처럼 풀처럼 살리라' 라는 문장을 통해 우리나라와 우리 민족을 다시금 생각하게 하는 이 시가 진정 고맙습니다. 학생들에게 통일 교육 시집으로 널리 사용되길 바랍니다.

- 장혜숙(대신중학교 교장)

❖ 하나님의 도우심으로 이룰 평화적 통일

'우리의 소원은 통일' 이라고 말을 하지만 어쩌면 관념적으로만 외치는 구호가 아닐까. 현실은 굉장히 슬프고 심각한데 이처럼 절절히 아픔을 몸으로 지니고 통일을 말하는 자가 얼마나 될까. 이 시집은 우리가 잊고 있었던, 그렇지만 간직해야 할 현실이 알알이 배어 있습니다. 통일은 우리 시대에 꼭 이뤄내야 할 급하고 절실한 과제임을 다시 확인합니다.

「싸우지 말라」에서 '싸움은 원수끼리 하는 것이니 그대들 싸우지 말지니라' 는 구절이 다가옵니다. 원수도 손바닥 뒤집으면 형제입니다. 통일은 절대 평화적으로 해야 한다는 이 시집을 대하니 참으로 목이 멥니다. 이 시집 같은 간절한 소망들이 하나둘 모이고 쌓여 북쪽의 마음이 열리는 날 하나님의 도우심을 받아 평화적으로 통일을 이루어 내리라 확신합니다.

　　　　　　　　　　　　　　　　－ 김백남(연세푸른 소아청소년과 원장)

❖ 어느 때 부터인지 간절함이 덜해졌던 통일의 꿈

　불가능할 것 같은 통일이 서서히 다가옴을 느낍니다. '통일이 오기까지/죽지 않으리라/죽을 수 없으리라' 던 시인의 외침이 들려옵니다. 통일을 다시금 생각나게 해준 詩. 세계에서 우리 민족만이 알 수 있는 슬픈 詩. 통일을 보기 전까지는 죽을 수도 없는 가련한 우리의 詩.

　순수한 마음으로 꾸밈없이 통일을 바라는 시인의 간절함에 미소가 나옵니다. 그리곤 어느 순간 나도 허공을 바라보며 시인의 꿈에 동참해 봅니다. 우리는 하나이니까요.

　　　　　　　　　　　　　　　　　－ 유정민(나눔실천재단 실장)

❖ 통일을 여는 힘찬 아침의 기운

　「대장간의 아침」이라는 시가 특히 와 닿는다. '풀무질을 하자/새 아침이 열렸으니/붉게 타오르는 화덕에/우리의 꿈을

녹여보자'

북한을 생각하면 답답하고 통일을 생각하면 이성과는 달리 감성적으로 쉽게 다가가지 못하는 심정이었는데, 이 시를 읽으면서 오천 년 역사 한반도에 붉은 해가 뜨는 배경에 대장간의 힘찬 풀무질을 연상시키는 시가 너무 힘이 있어 좋았습니다. 흰 바탕 검은색 글씨의 책인데도 마치 붉은 불길이 타오르는 것 같았습니다.

통일의 현실은 쉽지 않아 보이지만, 뜨거운 대장간의 아침의 기운으로 아침을 여는 모습에서 통일의 아침이 멀지 않은 것 같습니다.

– 최용일(ADT캡스 연구소장)

❖ 아직 살아있어 고마운 사람들

통일에 대한 염원은 김구 선생이 그의 저서 『백범일지』에서 독립을 언급한 대로 첫째도, 둘째도, 셋째도 이제는 '남북통일' 이 아닌가 생각합니다. 진정한 올바른 남북통일은 남과 북의 땅덩어리의 통일이기보다는 남쪽 사람과 북쪽 사람들과의 하나 된 마음의 통일이 되어야 할 것입니다.

「행님아 고맙습니다」의 '행님아 고맙습니다/살아있어 줘서 고맙습니다' 라는 구절에서 다시 재개된 이산가족 만남을 느낄 수 있어 가슴이 뜨거웠습니다.

남한에 목숨 걸고 내려온 2만 5천여 명의 탈북민을 내 가족처럼 관심 갖고 오직 사랑해야 합니다. 북쪽 사람들에 대한 편견과 무시하는 마음, 행동은 또 다른 마음의 분단이 될 것입니다.

- 전갑주(한국교과서(주) 대표이사)

❖ **지난 시간들 속에 새겨진 절절한 통일의 염원**

「우리는 바다였노라」에서 '통일이 오는 그 날에/다시 한 번 내 이름 불러주오. 그때는 그대들 부름에/환한 웃음으로 응답하리라' 라는 구절이 특히 인상적이었습니다. 동아대 김덕규 교수가 시를 통해 말한 「772함 수병은 귀환하라」라는 명령에 대한 용사들의 답변을 시에 담은 것입니다.

북핵문제, 북한 주민들의 인권, 천안함 사태, 연평도 포격 등 피부에 와 닿는 대치된 남북관계 속에서도 어쩌면 우리는 그만큼의 애절함을 느끼지 못하였는지도 모릅니다.

통일에 대한 강한 집념과 열망이 구구절절 배어있는 시들을 대하니 북을 향한 나의 가슴은 또 다시 후벼 파지는 듯합니다. 그 속에 우리가 반드시 통일을 이뤄야 할 이유가 있는데, 한 시인의 가슴 속에서부터 통일의 시기는 성큼 우리 앞에 다가오고 있습니다.

- 조한수(비에프 대표)

❖ 한 준위의 죽음은 슬픔에 슬픔

「가장 높은 봉우리」에서 '아래로 아래로 헤엄쳐 올라/가장 높은 봉우리 만든 당신/그 아련한 백령도 바닷가에/푸른 파도로 일렁거리리' 라는 부분이 가슴에 남습니다. 천안함 폭침으로 죽어가는 용사의 목숨을 건져 올리기 위해 잠수했던 한 준위의 죽음은 '슬픔에 슬픔' 이었습니다.

해방 후 얼마 되지 않아 맞은 6·25는 우리 민족의 크나큰 아픔이었습니다. 50년대, 60년대를 거치며 경제부흥에 쏟았던 지난날, 배고픔은 말할 나위 없이 고통이었습니다. 그런데 전후 세대들은 아직도 전쟁이 주는 교훈을 느끼지 못하고 있습니다.

천안함 뿐만이 아니라 우리의 학교, 일자리, 우리 집들이 폭파되고, 가족들이 죽어나가는 것이 전쟁입니다. 지구상의 유일한 분단국가 대한민국. 하루속히 평화통일의 깃발이 흩날리기를 소원합니다.

— 박용서(〈작가와 문학〉 주간)

❖ 남과 북 서로를 따뜻이 품게 하소서

'기어다니던 땅에서/한달음에 솟구쳐 올라/푸른 하늘 푸른 들판/활보하는 저 새를 보아라'

시 「비둘기를 위하여」를 보면, 우리나라가 통일을 위해 한 달음에 솟구쳐 올라 푸른 하늘을 날 수 있으리라 확신합니다.

지난해 김에스더의 간증을 듣고 북녘 시골 깡촌에서는 먹을 게 없어서 참으로 말할 수 없는 비참한 일이 벌어진다는 말에 온몸을 부들부들 떨며 울며 기도했던 기억이 다시 한 번 나의 가슴을 시리도록 아프게 했습니다.

하루속히 통일이 오게 하소서! 남과 북 서로를 따뜻이 품게 하소서! 대한민국 전체가 통일의 기쁨을 누리게 하소서!

— 황정인(정인에듀코칭 대표)

❖ 통일을 위한 눈물의 기도

「개성공단 소식」을 보면 '초콜릿을 주어도/감기약을 주어도/옷을 벗어 주어도/받지 않는 그네들 법칙'이란 부분이 있다. 개성공단 봉제업체에 법인장으로 3년간 근무하면서 같은 동포이기에 가슴이 많이 아팠습니다. 늙은이의 주머니 속 감기약 대신 자유를 한 줌씩 나눠주고 싶었습니다.

하지만 남한에선 손 내밀어 구걸도 하건만 감기로 아파 심한 기침을 해도 약을 받지 않는 그네들의 야속함에 가슴이 아팠습니다. 한 겨울이면 전기도 없고, 배급도 부족하고, 땔감도 없는 추위 속에서 밤사이에 심장병으로 얼어 죽는 아픈 목숨을 생각하면 눈물이 흐릅니다.

— 문정섭(장로, 전 개성공단 봉제업체 법인장)

❖ 통일은 '왜'가 아니라 '어떻게'

이 시집의 맨 마지막에 「피이스(Peace)」라는 시가 가장 인상에 남습니다. 가장 짧으면서 시집 전체의 주제인 '평화'를 표현했습니다.

요즘 남북 간에 긴장 국면으로 위기감이 팽창되지만 저는 그 와중에도 통일이 다가오고 있음을 느낍니다. 통일은 '왜'가 아니라 '어떻게'입니다. 통일의 모닥불에 장작 하나를 던지는 마음으로 통일이 오기를 성원하겠습니다.

 – 신성현(이천시청 복지정책과장)

❖ 성경의 시편을 연상케 하는 '통일 시편'

「대장간의 아침」에서 '풀무질을 하자/녹슨 쇳조각은 구겨지고 갈라진 심장/상처 나고 지친 마음을 화덕에 담아 풀무질하자'를 읽었다. '우리가 바벨론의 여러 강변 거기에 앉아 시온을 기억하며 울었도다. 그 중의 버드나무에 우리가 우리의 수금을 걸었나니……'(시편 137편)

안타깝고 슬픈 우리의 역사적 운명. 그러나 꼭 극복하고 이겨내야 할 민족의 과제인 민족 통일의 과제를 새삼 다시 돌아보게 되었습니다. 한 편 한 편의 시를 보노라면 통일을 향한 간절한 염원과 기도가 녹아 있으며 일상의 생활 가운데서 느끼고 경험한 편린들을 곱게 실을 엮어 옷감을 짜듯 통일의 시를 만들어 냈습니다.

'여호와께서 시온의 포로를 돌려보내실 때에 우리는 꿈꾸는 것 같았도다. 그때에 우리 입에는 웃음이 가득하고 우리 혀에는 찬양이 찾았도다.' (시편 126편) 성경속의 시편을 연상케 하는 민족의 제일 염원을 위한 '통일 시편' 이라 생각합니다.

– 장은식(목사, 배화여자고등학교 교사)